Ye

SVR
LA CONQVESTE
DE LA
FRANCHE-COMTE,
POEME.

A PARIS,

Chez Sebastien Mabre-Cramoisy, Imprimeur du Roy,
ruë Saint Iacques, aux Cicognes.

M. DC. LXVIII.

SVR

LA CONQVESTE

DE LA

FRANCHE-COMTE,

POEME.

 'Invincible LOVÏS *vient d'enrichir
l'Hiſtoire*
Par des nouveaux Exploits d'eternelle
memoire,
Et preſente un Heros, plus grand que
les Ceſars,
Aux illuſtres Amans des Lettres & des Arts.
Que ne doivent-ils point à ſa Valeur ſublime,
Qui d'un noble tranſport ſans ceſſe les anime,
Qui les comble de gloire, & les fait arriver
Où meſme leur deſir n'euſt oſé s'élever?

De ſes hautes Vertus la grandeur infinie
Redoublant leur ardeur, rehauſſe leur genie,
Qui ſe purifiant aux feux de ſon autel,
Quitte pour le loüer ce qu'il a de mortel.
Que je voudrois comme eux, au mépris de la Parque,
D'un eternel eloge honorer ce Monarque,
Paſſer avec ſon Nom à la Poſterité,
Et ſuivre ſes hauts Faits dans l'Immortalité!

 Quand eſt-ce, doctes Sœurs, que d'un ton magnifique
Ie pourray celebrer ſa Valeur heroïque,
M'élever juſqu'aux Cieux ſur l'aiſle de mes vers,
Et charmer ce Heros avec tout l'Univers?
Quand pourray-je exprimer ſon ardeur immortelle,
Luy dreſſer un trophée auſſi grand que mon Zele,
Et laiſſer une image à nos derniers Neveux,
Qui reſſemble à ſes faits, & réponde à mes vœux?
Puiſque de cent ſuccés ſa vaillance ſuivie
A d'un ſi prompt effort, la Bourgongne aſſervie,
Il eſt temps qu'à l'honneur du plus fameux des Rois,
Voſtre faveur m'inſpire une ſi forte voix,
Que du Nil juſqu'au Rhein, du Gange juſqu'à l'Ebre,
On m'entende chanter ſa Conqueſte celebre.

 Aprés tant de lauriers en un Printemps cueillis,
Par la vaillante main du Monarque des Lys,
L'Ibere, dont ce Prince a terracé l'audace,
Pour ſuſpendre le cours de ſa triſte diſgrace,
Dans ſes tremblans Eſtats, du fond de l'Univers,
Appellant au ſecours les barbares Hyvers,
        Souhaitoit

Souhaitoit la rigueur d'une saison plus dure,
Et contre la Fortune invoquoit la Nature.
O desirs inspirez par la vaine terreur !
L'espoir qui vous fit naistre, est une aveugle erreur.

    Pour defendre aujourd'huy l'Espagne menacée,
Que servent les frimats de la Terre glacée,
Les tourbillons des Airs, les nuages des Cieux,
Et l'horrible fureur des Vents seditieux ?
LOVÏS marche sans cesse au chemin de la Gloire,
Il moissonne en tout temps le champ de la Victoire,
Rien n'arreste le cours de ses travaux constans,
Et pour ce grand Heros, l'Hyver est un Printemps.

    Tel que paroist un Fleuve & profond & rapide,
Qui s'avance à grands pas vers l'Empire liquide,
Et des froides saisons défiant la rigueur,
Conserve de ses eaux l'immortelle vigueur.
Tandis que des Ruisseaux, & des moindres Rivieres,
L'Hyver glacé retient les ondes prisonnieres,
Il fait toûjours marcher ses flots majestueux,
Et suit avec fierté son cours impetueux.

    Tel on voit aujourd'huy le plus grand des Monarques
Donner de sa Vertu mille immortelles marques.
Lors que dans la langueur, & dans l'oisiveté,
Le Pere des frimats tient le Monde arresté,
Il surmonte l'horreur des Saisons ennemies,
Il tient dans les travaux ses Troupes affermies,
Il va porter au loin ses armes & ses loix,
Et n'arreste jamais le cours de ses Exploits.

                                             B

Aprés qu'il a formé l'heroïque entreprise,
Qui rejoint à nos Lys la Bourgongne conquise,
Sur le secret, & l'ordre, il en fonde l'appuy,
Et son secret n'est sceu que des Cieux & de luy.
   C'est en ce Roy fameux que l'Univers remarque
Tous les dons qui sont dûs au destin d'un Monarque.
Ses merveilleux Exploits dans le Monde admirez,
Ne sont que par luy-mesme, à luy-mesme inspirez.
Son Esprit éclatant de sa propre lumiere,
De tant d'heureux succés est la source premiere,
Et joint dans les projets, qu'il a sceu concevoir,
Le souverain genie, au souverain pouvoir.
   Quand un Prince accablé du poids de sa Couronne,
Ne connoist point Themis, & redoute Bellonne,
De cent divers Esprits son Esprit dependant,
Au mépris de son nom en souffre l'ascendant ;
Iamais de ses desseins son cœur n'est le seul-maistre,
On voit que son secret cesse bien-tost de l'estre,
Et que hors de son cœur, passant par mille mains,
Il devient le joüet du reste des humains.
Mais du sage L O V I S la sublime prudence
Est l'unique soustien de sa juste puissance.
Cette haute Vertu qu'on ne peut égaler,
Qui sçait l'art de se taire, autant que de parler,
Pour ne dépendre point du caprice volage,
Où la Fortune aveugle incessamment s'engage,
Tient sous un voile épais ses grands projets couvers,
Et les dérobe aux yeux du profane Univers.

La foule des Mortels vainement empreßée,
S'efforce alors de lire au fond de sa pensée,
Et l'appareil brillant des deßeins glorieux
Réveille inceßamment leur desir curieux :
Mais du secret Royal l'ombre obscure & sacrée,
Par leurs hardis regards n'est jamais penetrée,
Et la profonde nuit des mysteres d'Estat,
Par le doute & l'erreur punit leur attentat.

　　O Peuples ses sujets, faites-vous violence,
Attendez ses hauts Faits dans un humble silence,
Attendez le succés de ses nobles Exploits,
Et laißez vous conduire au plus sage des Rois.

　　Sçachez qu'on voit des Dieux dans la troupe immortelle,
Ignorer comme vous, où son grand cœur l'appelle,
Et qu'avant sa conqueste un jour à ce Heros
La fidelle Victoire adreßoit ces propos.

　　Incomparable Roy, dont la fameuse Vie
D'innombrables Honneurs sera toûjours suivie,
Lovïs, qui de toy mesme es le divin Conseil,
Ie ne demande point où tend cet appareil ;
Quel que soit ton projet, je me tiens toute preste,
Pour faire aveque toy conqueste aprés conqueste,
Pour seconder ton bras, pour couronner ton cœur,
Et t'aquerir par tout le titre de Vainqueur.
Ie n'ay pas le desir, non plus que l'esperance,
De sçavoir tes projets, au point de leur naißance,
Et j'en laiße l'honneur à ces Divinitez,
Dont les sacrez avis sont par toy consultez.

Que Themis & Pallas, tes saintes Confidentes,
Rendent tes actions, & justes, & prudentes,
Et reglant le dessein de tes Faits glorieux,
Les fassent approuver au Tribunal des Cieux.
Pour les executer, permets que je seconde
Ta supréme Equité, ta Sagesse profonde ;
Que loin de ta Vertu j'écarte le malheur,
Et tienne la Fortune unie à la Valeur.
Va donc, & je te suis, cours, & soudain je vole ;
Donne le dernier coup à l'audace Espagnole,
Et joüi du Destin, qui t'aime, & me defend
De te priver jamais de mon char triomphant.
Quoique de ton projet je sois encore en doute,
D'un regard attentif j'observeray ta route,
Et d'un fidele vol, pour ne te quitter pas,
Ie suivray constamment la trace de tes pas.

Tel fut du grand succés l'infaillible presage ;
Cependant on ne sçait où doit tomber l'orage,
Et le Monde incertain, avec horreur attend
L'inevitable coup du Tonnerre éclatant.
Mille & mille Citez, mille & mille Provinces
Craignent le cours douteux du plus vaillant des Princes,
Et quoiqu'il doive fondre en la seule Comté,
On voit que l'Univers en est épouventé.

Ainsi l'Aigle élevé sur une vaste plaine,
Tant que sa fiere course est encore incertaine,
Soûtenant du Soleil les rayons vifs & clairs,
Tient son vol suspendu dans le vague des airs.

Tout

Tout paroiſt effrayé de l'ardeur qui l'anime,
Iuſqu'au moment fatal qu'il fond ſur ſa victime,
Et les nombreux Oiſeaux redoutent ſon courroux,
Qui n'en menace qu'un, & les fait trembler tous.

   Enfin du grand LOVIS le projet ſe découvre;
Il quitte le ſejour de ſon ſuperbe Louvre,
Et montant un Courſier de la guerre amoureux,
Suit de ſon cœur vaillant le deſſein genereux.
Dés qu'on voit avancer ſa marche redoutée,
La Bourgongne paroiſt à demi-ſurmontée,
Son cœur previent ſon bras, & les Forts menacez
Evitent le malheur d'en eſtre terraſſez.

   C'eſt ainſi que ſe rend cette Ville puiſſante,   Bezançon.
Qui fut du fier Ibere & l'amour & l'attente,
Qui d'honneurs infinis ornant ſa dignité,
Vnit à ſa grandeur la noble Antiquité;
Qui portant autrefois le nom d'Imperiale,
Des premieres Citez ſe voyoit la Rivale,
Et dont l'Aigle au Lion avoit tranſmis le ſort.
Par le ſacré pouvoir d'un ſolemnel accord;
Mais qui dans ce grand Roy ſous qui le Monde tremble,
Trouve un plus grand ſoûtien qu'en tous les deux enſemble,
Et ſous l'appuy des Lis, exempte de terreur,
De Bellone à jamais dédaigne la fureur.

   C'eſt ainſi que ſe rend cette fameuſe Ville,   Salins.
Où la ſage Nature a trouvé ſon azile,
Pour y prendre à loiſir de ſalutaires ſoins,
Et des Peuples nombreux ſecourir les beſoins.

                                C

Par ſes enfans cheris, en ces lieux appellée,
Loin des bords écumeux de la plaine ſalée,
Elle y court à leur aide, & comblant leur eſpoir,
De Sel incorruptible y forme un reſervoir.
Quand Neptune orgueilleux penſe à cette merveille,
Un jaloux ſentiment dans ſon cœur ſe réveille;
Son amere douleur rend ſes flots plus amers,
Et ſon courroux écume en l'Empire des Mers.

　On voit ces deux Citez ſoudainement ſe rendre,
Redoutant ce Monarque, elles n'oſent l'attendre;
Mais au premier éclat de ſom Nom glorieux,
Prevenant à l'envi ſes pas victorieux,
Elles ne ſouffrent pas, que l'orgueil infidelle
A leur auguſte Roy rende leur cœur rebelle,
Et quittant les deſtins de tous ſes ennemis,
A CONDE' qui l'annonce, ouvrent leurs murs ſoûmis.

　Ainſi lors qu'au matin l'Aurore avantcourriere
Marche devant le char du Dieu de la lumiere,
Et montrant aux Mortels ſon viſage brillant,
Annonce à l'Horiſon cet Aſtre étincelant,
Sa premiere clarté chaſſe avec les tenebres
Des nocturnes Oiſeaux les legions funebres,
Qui d'un vol étonné fuyant de toutes parts,
Aux rayons du Soleil dérobent leurs regards.
Alors ce Roy pompeux de la Voute aʒurée
Voit des airs éclaircis la campagne épurée,
Epand ſes feux par tout, & trouve en l'Univers
Les Citeʒ & les Champs à ſes flammes ouvers.

Mais quoique de LOVÏS la valeur triomphante,
Dans mille Regions ait semé l'épouvante,
Dole resiste encore, & seule avec fierté,
Oppose à ce Monarque un courage indomté.
Elle met son espoir aux foudres de Bellonne,
Dont l'horrible courroux, sur ses murs gronde & tonne.
Elle met son espoir en ses puissans rempars,
Qui méprisent la guerre, & bravent les hazards.
Elle s'enorgueillit de ce Heros illustre,
Dont elle tient son rang, sa grandeur, & son lustre;
Charles qui reünit tant d'Estats differens,   Charlequint.
Et qui paroist assis parmy les Conquerans;
Charles, dont le grand Nom se fait par tout entendre,
Dont l'Ebre & le Danube ont fait leur Alexandre,
Et de qui la Valeur brûlant de nobles feux,
En tant de lieux divers fit tant d'Exploits fameux.
Mais LOVÏS plus vaillant aussi bien que plus juste,
Vient montrer la splendeur de sa presence auguste,
Et devant ce grand Roy, malgré tout son bonheur,
Charles mesme s'abaisse au Temple de l'Honneur.
  Qu'il luy souhaiteroit une seconde vie
Pour vanger hautement le malheur de Pavie,
Pour reparer l'affront de ces indignes fers,
Qu'un Heros de la France a tristement souffers,
Pour abatre à ses yeux ses superbes murailles,
Pour le chercher luy-mesme au milieu des batailles,
Enfin pour consoler, par mille heureux Exploits,
L'inhumaine douleur du genereux FRANÇOIS,

Et terraçant l'orgueil dont il fut la victime,
D'un fort fatal aux Lys, expier le grand crime !
  Ne te flate donc pas d'une vaine douceur,
Dole, as-tu le support de ce grand Defenseur?
Quand mesme tu l'aurois, sa valeur, sa puissance
Seroient contre LOVÏS *une foible defense.*
Voy comme ce Heros, par un noble transport,
Rit des feux de la guerre, & des traits de la mort;
Comme d'un pas hardi foulant aux pieds la crainte,
Cet Achille indomté reconnoist ton enceinte,
Et sans émotion voit tomber sous ses yeux
Le fer sorti du sein des canons furieux.
Ses Guerriers animez par son illustre exemple,
Que l'Armée attentive incessamment contemple,
Se portant avec joye à braver le trépas,
Du danger glorieux suivent les doux appas.
Plus fiers que les Lyons des plages Affricaines,
Ils font de toutes parts des attaques soudaines,
Et dans moins d'un Soleil, par leurs vaillans efforts,
De la Ville assiegée emportent les dehors.
La Terreur aussi-tost dans son sein répanduë,
Des Peuples étonnez tient l'ame suspenduë,
Leur fait voir leur Cité comme un vaste cercueil,
Et d'un ton menaçant fait trembler leur orgueil.
Elle montre à leurs yeux cent funestes augures,
Elle montre à leurs yeux cent tristes avantures,
Tous les lieux de leur sang funestement couvers,
Leur mort inevitable, & leurs tombeaux ouvers.

Alors

Alors du grand LOVIS *la Royale Clemence*
Devient leur seul desir, & leur seule esperance;
Ils trouvent sa Bonté propice à leurs souhaits,
Au milieu de la Guerre ils rencontrent la Paix.
Ils aiment la douceur, ils celebrent la gloire
D'un Heros qui par tout entraisne la Victoire,
Et tous leurs cœurs ravis aussi-tost que domtez,
Benissent la Valeur qui les a surmontez.

   Quel orgueil, quelle audace aprés cette Conqueste,
Sous ce fameux Vainqueur n'abaissera la teste?
Gray l'amour de Bellone, & la scene de Mars,
Qui porte jusqu'au Ciel ses puissans boulevars,
Par un sage conseil abandonne l'Ibere
D'une Foudre allumée evite la colere,
Et cede au grand destin du celebre Heros,
Qui remplit de son nom, & la terre, & les flots.

   Ainsi tout rend hommage à son ardeur guerriere,
Qui du solide honneur s'est ouvert la carriere,
Le Doux en ses deux bords, sous ses loix fléchissant,
Reconnoist de nos Lys le pouvoir florissant.
LOVIS *victorieux voit soûmise à ses armes*
La Province où son bras excitoit tant d'allarmes,
Voit tous ses murs rendus, & tous ses forts ouvers;
Et sa grande Conqueste étonne l'Vnivers.

   O fidele Vnivers, par quel triomphe auguste,
Aprés une Victoire, & si promte, & si juste,
D'un Roy, dont la Valeur a si bien combattu,
Pourrras-tu couronner la sublime Vertu?

                       D

Quels marbres transformez en images fidelles,
Quels chefdœuvres fameux des plus savans Apelles,
Quelle pompeuse Entrée, & quels Arcs triomphaux,
Seront le digne prix de ses nobles travaux?
Ie ne saurois prevoir, ce qu'aux lieux où nous sommes,
Pour ce grand Demidieu pourront faire les hommes;
Mais par la Majesté d'un Triomphe soudain,
Sans les secours tardifs de leur mortelle main,
Vers son Temple sacré, la GLOIRE *impatiente*
A déja couronné sa Valeur éclatante.
Les Peuples n'ont point veu ce Triomphe pompeux,
Ou du vaillant LOVïS *accomplissant les vœux,*
Cette Divinité, qui l'admire, & qui l'aime,
A rendu tant d'honneurs à sa Vertu supréme;
Mais l'Olympe s'ouvrit, & la Troupe des Dieux
Regarda triompher ce Roy victorieux.

O Muses, dont j'apprens cette rare avanture,
Souffrez, que par mes vers j'en fasse la peinture.

Le premier qui parut, c'est le brave CONDE',
Qui par Bellone mesme aux batailles guidé,
Porte dans ses regards la Vaillance depeinte,
Et méprisant la mort en augmente la crainte,
Il fut d'abord connu de Pallas & de Mars,
Qui l'ont vû tant de fois dans le champ des hazards.

Aprés luy tous les Chefs de la Royale Armée,
Montrent la belle ardeur de leur ame enflammée,
Dans un ordre agreable on voit tous ces Guerriers,
Montez superbement sur de nobles coursiers.

Des Soldats eprouvez les troupes indomtées
Suivent, & font briller leurs armes redoutées.
Quand on a vû passer leurs innombrables rangs,
Enfin le plus fameux de tous les Conquerans,
LOVIS ce grand Heros, ce Monarque invincible,
Se montre tout ensemble, & charmant, & terrible,

Tel ne parut jamais Celuy dont le destin,   *Scipion.*
Restablit la splendeur de l'Empire Latin ;
Qui signalant par tout sa force martiale,
De sa triste Patrie abbaissa la Rivale,
Qui mesme d'Hannibal contre Rome irrité,
A l'aspect de Cartage abbatit la fierté,
Et des illustres Faits de son cœur heroïque,
Eut pour témoins l'Europe & l'Asie & l'Afrique.

Quand le Maistre des Dieux vit paroistre LOVIS,
Fameux par la grandeur de ses Faits inouïs,
Il connut, que ce Roy vaillant, auguste, & sage,
Entre tous les Humains est sa vivante Image.

C'estoit sur un char d'or, par la Gloire conduit,
Qui d'un Foudre tonnant represente le bruit,
Qu'on voyoit ce Vainqueur, dont la vive lumiere,
Ternissoit le Soleil au fort de sa carriere,
Et d'un charme puissant, luy seul de toutes parts,
De la Troupe immortelle attiroit les regards.

Au devant on portoit au vif representées
Les fameuses Citez, par LOVIS surmontées,
On remarquoit Salins, Gray, Dole, Bezançon,
Qui de son bras vaillant sont la riche moisson.

Aprés le Char, paroiſt l'Injuſtice enchaiſnée,
Qui viola les droits du royal Hymenée,
Qui gemit, qui ſoûpire, & par l'ordre des Cieux,
Souffre le chaſtiment de ſon crime odieux.
L'Envie à ſes coſteʒ ſe confeſſant vaincuë
Garde un morne ſilence, & détourne ſa veuë;
Et l'Hyver étonné redoublant ſes friſſons,
Semble chargé de fers, autant que de glaçons.
Au milieu de la Pompe auguſte, & magnifique,
La Gloire s'arreſtant fit ouïr ce Cantique.

LOVIS eſt la terreur de ſes fiers Ennemis,
Le ſoûtien de Minerve, & celuy de Themis,
L'honneur de l'Univers, l'ornement de l'Hiſtoire,
L'amant de la Valeur, l'amour de la Viſtoire,
L'appuy des Nations, le modelle des Rois,
Et l'eternel objet de ma divine voix.
Ce Monarque fameux, ce Heros magnanime,
Ioint la haute prudence à la valeur ſublime,
Le regne de la Paix à celuy de Pallas,
Et le travail d'Alcide, à la force d'Atlas.

On admire en LOVÏS, avec le grand courage,
Les charmes de l'eſprit, du corps, & du langage,
On admire en LOVIS le juſte amour des Loix,
La ſainte Autorité, par qui regnent les Rois,
D'infatigables ſoins une ſuite infinie,
Et la grandeur de l'Ame, & celle du Genie.
On admire en LOVIS l'égale Fermeté,
L'aſtive Diligence, & l'aimabe Bonté,

Qui

Qui ſont de ſa Valeur les compagnes fidelles,
Et l'une jointe à l'autre en paroiſſent plus belles.

    Celebre qui voudra tous ces tranſports bouïllans
Des farouches Mortels, qui ne ſont que vaillans,
Qui d'un Lion ardent, ou d'un Tygre ſauvage,
Imitent en tous lieux le courroux, & la rage,
Et ſuivant une aveugle impetuoſité,
Des monſtres inhumains ont la ferocité.
De là vinrent ces Rois, dont la triſte memoire
Fait rougir la Nature, & fait plaindre l'Hiſtoire,
Qui rempliſſoient d'horreur, & la Terre, & les Eaux,
Et du Ciel qu'ils bravoient, eſtoient nommez les fleaux;
Imperieux Tyrans, dont la fiere vaillance
Des equitables Loix opprimoit la puiſſance,
Et tenant ſous le fer tout le Monde abbatu,
Eſtoit une fureur, plûtôt qu'une vertu.
LOVIS, en qui toûjours la Sageſſe preſide,
Et qui n'a que Themis pour ſa regle, & ſon guide,
Eſt luy ſeul plus vaillant que tous ces Conquerans,
Qui couroient l'Vnivers ainſi que des Torrens.
Et ſi comme autrefois leur ardente furie
Venoit aux doux climats porter la Barbarie,
Son bras détourneroit ce funeſte malheur,
Abbatroit leur audace aux pieds de ſa Valeur,
Et reprimant le cours de leur injuſte guerre,
De leur joug odieux affranchiroit la Terre.

    Aprés avoir vaincu le Belgique Lion,
Et confondu l'eſpoir de la Rebellion,

E

Aprés avoir foûmis à sa Valeur fameuse,
Et la Sambre, & le Lis, & l'Escaut, & la Meuse,
Et domté par luy-mesme, au milieu des hazards,
Des Flamans étonnez les superbes rampars,
Il vient de conquerir une Province entiere,
Que d'invincibles forts rendoient puissante & fiere.
Ce grand Evenement qu'il acheve en dix jours,
D'une Vie heroïque eust pû remplir le cours.
Que je vois de Citez plus fortes que Pergame,
Ceder en un moment à l'ardeur qui l'enflamme !
Sa Conqueste fait honte à tous les Combattans,
Que le Siege de Troye arresta si long-temps;
Et quoique leur renom maistrise les années,
Lovïs a surpassé leurs grandes destinées.
Si les Faits merveilleux de cet auguste Roy,
Par leur nombre infini ne s'attiroient la foy,
Dans son heureux succés, sa derniere avanture,
Paroistroit fabuleuse à la Race future;
Mais l'un confirme l'autre, & la Posterité
Croira de ses Exploits l'illustre verité.
Ce Heros, qui par tout est plus craint qu'un Tonnerre,
Dans la paix un Auguste, un Cesar dans la guerre,
Fait par ses nobles soins croistre, & fleurir les Lys,
Fait sortir du tombeau les Arts ensevelis,
Rend les plus grands Estats jaloux de son Empire,
Merite tous les chants que le Parnasse inspire,
Les noms de Conquerant & de Victorieux,
Et l'eternel amour de la Terre & des Cieux.

Aprés avoir loüé la Vertu sans seconde,
Dont, par mille hauts Faits, LOVIS orne le Monde,
La Gloire, dont sans cesse il se voit celebré,
Conduisit le Triomphe en son Temple sacré,
Où Vainqueur du Trépas, du Temps, & de l'Envie,
Ce Prince jouïra d'une immortelle vie.
  C'est ainsi que LOVIS, en presence des Dieux,
Dont il doit augmenter le nombre glorieux,
Des memorables Faits de sa noble Vaillance,
Recevoit justement la haute recompense,
Qui surpasse l'éclat des Grecs & des Romains,
Et l'éleve au dessus du reste des Humains.
Sa royale Vertu, dans mon esprit tracée,
Nuit & jour se presente aux yeux de ma pensée,
Et de ses actions me montrant la Grandeur,
De mon Zele enflammé renouvelle l'ardeur.
Mais que peut de mes Vers, la plus douce harmonie,
Et les plus grands efforts de mon foible genie,
Pour celebrer un Roy, qui Vainqueur en tous lieux,
Tient la premiere place entre les Demidieux,
Qui remplit l'Vnivers du bruit de ses Victoires,
Et sera l'ornement d'innombrables Histoires?
Cent fois de son portrait j'ay formé le dessein,
Et cent fois le pinceau m'est tombé de la main.
Les divers monumens, que mon ame charmée
D'un art laborieux dresse à sa Renommée,
Sont indignes du nom de ce Prince fameux,
Et trahissent mes soins aussi bien que mes vœux.

Mais les Cygnes ſavans, dont ſe vante la Seine,
Vont chanter à l'envi ſa Valeur ſouveraine,
Et répandre le bruit de leurs airs éclatans,
Dans toute l'étenduë & des lieux & des temps.
Suivez un ſi beau zele, Horaces, & Virgiles,
Excitez vos eſprits en merveilles fertiles,
Celebrez hautement des ſuccés inoüis,
Et mélez vos lauriers aux lauriers de LOVïs.
Tous les fameux Heros, dont l'Hiſtoire eſt remplie,
Cedent également à ſa Gloire accomplie;
Puiſque par ſes Vertus il les a ſurmontez;
Vous devez ſurpaſſer ceux qui les ont chantez.
Conſacrez-vous enſemble à ce deſſein ſublime,
C'eſt peu de l'un de vous, pour ce Roy magnanime,
Sa Loüange eſt immenſe, & vos concerts unis
A peine ſoûtiendront ſes Exploits infinis.

CASSAGNES,
De l'Academie Françoiſe.